一粒米的走向

濮建镇 著

天津出版传媒集团
百花文艺出版社

图书在版编目（CIP）数据

一粒米的走向 / 濮建镇著 . -- 天津 : 百花文艺出版社 , 2024.5

ISBN 978-7-5306-8862-5

Ⅰ . ①一… Ⅱ . ①濮… Ⅲ . ①诗集－中国－当代
Ⅳ . ① I227

中国国家版本馆 CIP 数据核字 (2024) 第 097904 号

一粒米的走向
YILIMI DE ZOUXIANG
濮建镇　著

出 版 人：薛印胜
责任编辑：郑　爽
装帧设计：悟阅文化
出版发行：百花文艺出版社
地址：天津市和平区西康路 35 号　**邮编：**300051
电话传真：+86-22-23332651（发行部）
+86-22-23332656（总编室）
+86-22-23332478（邮购部）
网址：http://www.baihuawenyi.com
印刷：成都市兴雅致印务有限责任公司
开本：880 毫米 ×1230 毫米　1/32
字数：134 千字
印张：6
版次：2024 年 5 月第 1 版
印次：2024 年 5 月第 1 次印刷
定价：65.00 元

如有印装质量问题，请与成都市兴雅致印务有限责任公司联系调换
地址：成都市金牛区沙河源街道陆家桥社区
电话：028-83181689
邮编：610000

序

米，麦芒，白菊花……

伊甸

濮建镇有着典型的桐乡人的传统品质：纯朴、善良、谦卑。这些品质在这个复杂、诡谲的社会中越来越凸显其珍贵。跟这样的朋友交往总是让人感到亲切和愉悦。

濮建镇是土生土长的桐乡人，年轻时在北方当过几年铁道兵之外，其余大部分时间是在桐乡度过的。他对这块生他养他的土地有着特别深厚的感情。我跟桐乡也有着特别的缘分：我在海宁出生，但我的童年时代是在桐乡农村度过的，虽然长大后又去了海宁，但在我心目中，桐乡永远是我的故乡。建镇兄的诗集《一粒米的走向》，大部分诗歌是写桐乡的风物人情的，几乎每一首都能引起我内心深处的共鸣。他笔下的米、麦芒、白菊花，以及水田、秧苗、桑树、荷塘、油菜花、炊烟、蛙鸣、罱河泥、拉纤……我都是如此熟悉，它们争着唤醒我的记忆、我的怀念和眷恋。

濮建镇书写这一切时是满怀深情的，比如他的《蛙鸣季节》：

田埂躺在新秧的摇曳中
享受阳光温柔的普照

小河怀里的桑林
捧出绿油油的心叶

农舍成排敞开着大门
炊烟向远天递送生活信息
乡亲在农事里的劳作
与田野交流着节气
…………

这里寥寥几笔，写意画一般突出了江南水乡的典型景色，然后作者又用“温馨”这个美好的词概括了水乡的主题：“没有更质朴的乡村/被此起彼伏的蛙鸣/连绵成无边的温馨……”清新朴素的文笔对应清新朴素的乡村场景，一切是那么自然而和谐。读老濮的这些诗，就像行走在阳光下的田野里和村舍之间，庄稼的芬芳和农家生活的气息迎面扑来。

罱河泥是浙北水乡，尤其是桐乡农村特有的场景，濮建镇赋予这个场景以隽永的诗意：“水乡的眼睛仰望天上的阳光/也俯瞰蕴藏在河底幽暗中的/桑绿和稻香/趁冬闲的寒流激醒空气/一对长杆撑开罱网的头脑/沉思到生命之源的水底……”老濮的思维和想象是发散的，灵动的，他的诗歌不仅仅让我们看到现实生活的鲜明图景，而且还会让我们联想到世界和人生的很多别的东西。

罱河泥、采桑、采菊、摘槜李……老濮兴致勃勃地描写着这些桐乡乡村特有的农活，这些画卷一般呈现的农活场景，其鲜明的地域特色和乡村风情，给我们留下了难忘的印象。他在写这些农活时还特别重视对人的关注，比如他写采桑女：“采桑女总是踩着露水的足音/被晨雾送进桑林……每片心形的翠绿/有她们眼睛一样的鲜亮”；他写采菊老妇：“而你对白菊花的平静和专注/胜过一片白浪上的阳光……”在老濮笔下，这些正在劳动的人一个个都是那么可爱，我们似乎看到了他们灵魂中的光芒。

老濮有两首写白菊花的诗特别精彩。一首是《桐乡白菊花》，其中一段他这样写：

那耀眼如雪的白　像收集了
整个世上八月十五的月光
点亮秋天最后的时间
那纯净的白
像在冬天到来前
要先替雪花清洁一下大地

这里的想象是出人意料的，这种想象赋予了白菊花以灵性甚至是神性。老濮既是在写白菊花，又超越了白菊花，他在赞美一种纯净、圣洁的美。

另一首《从一片白菊花开始》，同样具有不凡的想象：“而白菊花不负泥土/在深秋站起来　点燃的火焰/似西风吹不灭的誓言……”一首好的诗歌，最重要的品质就是与众不同的想象。只有出色的想象力才能告别平庸，让一首诗成为有创造力的诗和真正艺术意义上的诗。

濮建镇是充分认识到这一点的，因此他的诗越来越注重诗意的新颖和独特，有许多诗句让人眼睛一亮，拍案叫好。比如：

“那小河环绕的村庄／也会被炊烟／拉拽到生活的高蓝深处”“靠到一起的两片叶子／又像双手合十／在表达虔诚的敬意”“最好　风别吹过来／更不要带来雨／因为所有的宁静都太脆弱／会被一点风吹草动破灭的”……这些诗句，都取材于江南水乡最常见的事物和景象：村庄、梧桐叶、荷塘……它们在老濮的笔下都有了另一种神采和风韵，都有了特殊的魅力，都有了耐人咀嚼的意味。

老濮钟情于水乡的庄稼和村庄，但他的视野并不局限于此，他常常抬起头来凝视整个世界。凝视，同时用心去感受，用理性去思考。在感受和思考的同时，他并不忘记自己是诗人，必须从诗的立场上去感受和思考。

他在乌镇百床馆的感受和思考是：“原来那些逝去的／只是深睡在梦里／就像历史／时不时会醒来／喊上几声”。在缘缘堂面对那扇被日本鬼子轰炸烧焦了的门，他的感受和思考是：“留门上的弹孔　已成为／睁亮的眼睛／从一片漆黑的历史中／看向远处的明亮”。这些感受和思考都是有穿透力的，是沉甸甸的。

老濮的《溜出窗户的光》和《笼子研究》等诗，更有一种哲学的隽永意味和思想的力量。

《溜出窗户的光》的开头和结尾分别是：“一到夜里／总有许多不安分的光／溜出一个个窗户／进入黑夜……整个大地都被夜压着／就算有再多的灯光聚集／只要地球不翻身／就不能把黑夜变成白天”；《笼子研究》的结尾是：“自古至今／做成这种笼子的人很多／他们已经／与笼子合成一体／只要认得笼子／就能认出他们是谁”。这两首诗，老濮显然运用了象征主义诗歌的创作手法。语言背后到底蕴藏着什么，一千个读者会有一千个哈姆雷特。

老实厚道的濮建镇，在写诗的时候常常像换了一个人，有时甚至变成了不可思议的“妖怪”，以离经叛道、惊世骇俗的诗句给我们带来雷鸣般的警示。他的那首《错乱》震惊了我：

生活让我越来越想
拿下五官
再重新装配

我要把眼睛安到鼻孔位置
从此只看我双肩下面的一切
心应该不会总那么难受了

我要将嘴巴一分为二
安到两耳的位置
也尝试到左右通吃的滋味

鼻子就近下移到嘴巴位置
小人物用不着灵敏的嗅觉
鼻孔两个并一个能出气就行

剩下耳朵委屈到眼睛位置
不必再耳听八方
只听前面的声音就行

经过这般错乱　已比那些

脸留刀疤或臂刺青龙的更狠
有足够狰狞的面目
再与牛鬼蛇神周旋时
就不知谁怕谁了

这首诗的奇思异想让人拍案叫绝。诗歌写作，最需要这样另辟蹊径，独出机杼。这种惊世骇俗的写法不是为了博读者的眼球，而是通过荒诞、魔幻的叙述引发人们对现实的深层思考。老濮写出这样的诗，让我对他的创造力和想象力充满了信心。

桐乡人濮建镇，愿你的为人永远有桐乡人的朴实憨厚，但在写诗时，不妨随心所欲地变身为“妖怪”或者神仙，尽可能地创造各种各样的奇迹，让我们震惊、战栗，久久发呆……

2024年1月9日到11日

目 录
CONTENTS

第一辑　罱河泥的水乡

第二辑　一粒米的走向

第三辑　老人

第一辑

霡河泥的水乡

罱河泥的水乡

河网布满水乡
网住天空在河流里的失落
也网着密如繁星的村庄

炊烟每天飘向天空
却无法知晓水乡深处的秘密
难于评说水是否
是水乡忠实而寡言的管家

水乡的眼睛仰望天上的阳光
也俯瞰蕴藏在河底幽暗中的
桑绿和稻香
趁冬闲的寒流激醒空气
一对长杆撑开罱网的头脑
沉思到生命之源的水底

河流的白天和夜色有了罱捞
水乡每条小河便年年深邃
在水乡的富裕里
没有懒睡在床上的梦

泥船运载的不仅仅是河泥
要认识水乡的深度
最好从认识罱河泥开始

水乡的水

从不急匆匆一走了之

水乡的水在河里
赶集一样被拥挤着前移
即便在雨季
也尽量拖住脚步
于风中一步一回头
不愿马上离开

一有机会就溜进水田
抱住秧苗
不肯松手的样子
无异于抓住了救命稻草

这种对故土的依恋
汇集起了水乡
随处可见的湖泊水塘
以及田间地头
满眼都是的沟渠

水乡的草

水乡的土千百年来
是不允许长草的
连地头路边河岸边
这些边角地
都长满四季的农作物

草无处安身
藏进桑树下的阴影
很快就被连根刮去
刚混进水田禾苗里
像抓汉奸一样被马上拔除
草得不到泥土
也上不了坟头哭
水乡的坟地都有
柏树樟树冬青驻扎

走投无路的草
与泥土打起
见缝插针的游击
还是逃不过

被割给羊吃的命运
只能躲到河渠中
去水里扎根

可是水乡的水
渐渐找来污浊
将草根毒烂
当草被逼到绝境
土地突然心生怜悯
把农民一批批赶走
让庄稼入梦睡觉
空出大片大片粮田
草终于返乡安家

现在水乡的草
又肥又胖

水乡的寒冬

对冰天没有冰天的样子
雪地不能长久的雪地
找不到一种满意的表达

枯杆举起手臂
枝条指指点点
看惯的深秋荒凉景象
无休无止延续中
北风偶尔送来的
一点薄冰，一两场小雪
对于北方来说
这种幼儿园的冰冷
根本进不了寒冬的大课堂
难怪惹怒早春
硬生生弄出几场倒春寒
把水乡的寒冬
冻死在春天的脚底下

水乡的路

在水乡，大人不敢让婴幼儿
跑得太远
因为水乡每一条路
都被阳光下锃亮的河水
切成一段一段
婴幼儿自己玩远了
一不小心就会掉入河中

水乡的路
没有一条是完整的
一段一段之间
全靠结扣一样的桥
连接起来
才让水乡能通达远方

这就需要太多的桥
石桥木桥砖桥铁桥
——水乡都有
这些不同材质的桥面
共同丰富着水乡的路

水乡的河织一张大网
水乡的路在大网里
织成一张张小网
网住一片片水田
网住一片片桑林
网住一个个村庄
让水乡在网中
过着千百年的鱼米生活

速写水乡村庄

黑瓦的重
压在白墙的轻上

白墙顶起黑瓦屋顶的力气
来自围于四周桑林的鼓励

像叠人的杂技
受力在最下面的土地
暴突着河网的青筋

所有这些
只为让黑瓦上面
最轻的炊烟
升腾得更高　更远

采菊老妇

开花的年龄已被岁月采去
好在还没有完全石硬的身体
弓弯着，在对待人生的热爱
不知那些茶具可以测定

在冬天不曾来临的深秋
你采撷这比雪还洁白的花朵
一阵阵风带走着白菊花的馨香
像菊田收走你一年年渗落的盐

而你对白菊花的平静和专注
胜过一片白浪上的阳光
菊茶即便漂洋过海
它们的根须却还扎在你的血液里

这意境　在我心中蒸煮已久
不禁问“你采久了腰痛吗”
你仰起一张菊饼般的脸
不轻不重说“几十年　习惯了”

但我的笔无法轻松成水乡的小河
这个季节飘飞的一枚枫叶
足以把整个天空点燃
照亮人类普遍的孝心

我知道　天空在你背上的重量
菊田上还有你一种荣耀和福分
我古老菊乡的母亲　从一朵菊花
看到了生活四射的阳光

采桑女与桑林

采桑女总是踩着露水的足音
被晨雾送进桑林
纤指带动雾光
在摘采的叶子上跳动
每片心形的翠绿
有她们眼睛一样的鲜亮

桑林从春天绿到秋天
采桑女的采撷里没有冬天
一枚枚桑葚抿进她们嘴里
初夏的气息
让薄雾为桑林披上了婚纱

天地合抱着的桑林
是水乡最高的海拔
当阳光把晨雾揭走
隐隐可见采桑女
是这最高海拔里的最美
脸颊展示出水乡的秀丽

水乡下雪天

水乡的雪花细声细气
轻抚水乡静息下来的农活

男人被农闲雕塑在木条凳上
搓动来年春天养蚕的细细心事
编织成蚕网
网住白花花的蚕宝宝
结出雪白的累累果实

女人会从猪圈与灶台的空隙
出来　看着门外雪地的嬉闹
和男人刚聊上几句
影子不由得飞出去追打雪仗
踩出一串串
当年雪地中的脚印

水乡的下雪天
雪飘下的童趣中
土地在沉思

穿越一片油菜花

我穿越一片油菜花
金色的阳光扑闪在身上
追赶蜂蝶的目光沾满花粉
一路芬芳随风荡漾

浓春迷失在这片花海中
已经远离乌云的绵绵细雨
阳光的金屋藏着的眷恋
静静倾听花朵歌唱

我来自古巷深处的潮湿
受着幽深的心音敲打
对辉煌的向往长出了翅膀
飞向油菜花托起的太阳

久远的乡村

风总是平和地吹拂
日出后　或日落前
黑瓦屋顶上的烟囱
徐徐升起一柱柱炊烟
把天空送向宁静的深蓝

很少有灰尘落入目光
满眼纵横交错的河流
用清澈见底的河水　托起
不是碧绿就是金黄的田野

村舍在水田与天空之间
被绿桑团团围住
每片心形的桑叶
像恬静的采桑女一样
早捧露珠　晚浴云霞
喂养年年吐丝至尽的桑蚕
——还能成蛹化蝶

这是我曾经住过的王家浜

藏在密密水系织成的网中央
如果没有几座小桥
连鸡鸣狗吠
都别想从村里出去

蛙鸣季节

大地脱去冬装
雨水就滋润出蛙鸣
把水田唤醒
那鼓点孜孜不倦
敲绿江南
最明亮的水乡气息

田埂躺在新秧的摇曳中
享受阳光温柔的普照
小河怀里的桑林
捧出绿油油的心叶

农舍成排敞开着大门
炊烟向远天递送生活信息
乡亲在农事里的劳作
与田野交流着节气
…………
没有更质朴的乡村
被此起彼伏的蛙鸣
连绵成无边的温馨

在阳光或月色中
狗吠与鸡鸣
都能和谐地融入蛙鸣

全域旅游

我用梧桐树的笔
浸润凤凰湖的墨
在铺平的杭嘉湖腹地
勾勒一幅全域旅游图

我选取日出为起始点
从濮院思家桥
画向国界桥
回穿吴越战火　到范蠡湖
带着隐居的幽静
进钱君匋故居
反思人生后　上新地里
观看古人活动场景
途径崇福　走走横街
到福严寺　让石补钟声
掸落一身尘土
入白荡漾　清洗一下
去拜谒丰先生的缘缘堂
再参观茅盾先生故居后
沿青砖黑瓦下的石板
走上修正观戏台
欣赏这幅全域旅游图

另一种纤夫

杭嘉湖腹地
遍野的村庄
高出一片片桑林
被炊烟拽向更高处

这里的每条小河
都连住桑林的绿影
情形很像
昔日纤夫肩勒纤绳

如果桑林被纤上天空
那么夜里的星星
也定会被哺得白白胖胖
吐出天地间最明亮的光
织出蔚蓝中最白的云

那小河环绕的村庄
也会被炊烟
拉拽到生活的高蓝深处

范蠡湖畔

我来得太晚了　湖岸边
等待出了丛丛芦苇与甘稞
这些藏匿过越兵的植物
也学会了功成身退
隐居到水边　藏好时间的幽静
却被我惊飞出一群野鸭

好像是为我的到来
两千多年前的风从湖心吹上来
七月的热火一下被熄灭许多

缅怀历史　心很难宁静下来
我努力寻找范蠡与西施湖畔相依
又被湖水投射给天空的身影

我只看见了一片空茫　时间啊
真能消亡掉一切吗

我有些失望时　听到文友在叹息
范蠡湖所在的蠡湖村

改叫红星村了　呵——
如果是改叫“红心村”有多好
我敢说　所有词典中
没有比“红心”这个词
更能精准表达范蠡与西施
为自己国家所做的牺牲

范蠡湖

——读汤养宗《西施》

有了吴国与越国的两番高潮
静下来的西施　找面镜子
躲在芦苇深处
好好看着自己的一生
是怎样的面色和心跳

素描乌镇

水乡的气息把乌镇包裹起来
印上三珍斋美味　三白酒醇香
以及蓝印花布图案
让几条像模像样的石板老街
藏在水的两岸
引来世界各地口音
把吴侬软语
挤出青砖黑瓦白墙老房

远来的新鲜打开好奇
用镜头的目光评头论足
几条似曾相识的傍水老街
和长着蕨草的石板窄巷

茅盾故居站在中心位置
指点一代文豪走过的路
修真观戏台上　天天
在演出相同的剧情
而石佛寺的钟声
已得不到花雨伞的回应

真正年迈的济仁桥
还有西高桥　每天
静坐在夕阳落山的路上
默默远看财神湾
总在喜滋滋地数点钞票

在乌镇百床馆

幽暗的光线让我看到
一百多个睡姿
还没有一个醒来

那些钻进床体的梦呓
紧紧抱着木纹
扭动得许多红漆
脱落给了时间

还有捂不住的裂口
总想着向游客说一些
已经失声的话语
也不管你听不听得见

原来那些逝去的
只是深睡在梦里
就像历史
时不时会醒来
喊上几声

朋友买了茅盾故居隔壁房子

多少人
一辈子
奔波在字里行间
想步步靠近茅盾
我一朋友
不声不响
只一次扔出几百万
就做了茅盾先生的邻居

在乌镇看水上高竿表演

一根已经失去生命的竹竿
竖立在市河上
长出了一个肌肉结实的爬竿人

爬升的力气
在摇晃的影子里　维持着
不可能再返青长高的生机

一根看似又活了过来的竹竿
在娱乐游人的过程中
仍然阻止不了
慢慢的枯化

乌　镇

在市河的朦胧中
展开两岸翻新的陈旧

树和草　撑起江南的绿
也零零星星在岸石缝隙
灰白墙根　黑瓦之间
随远来的风摇曳几下

几座小石桥横跨在市河上
拖泥带水做着圆满的梦

现实中的石块
与水影中的虚幻
拥抱了千百年
还是不离不弃

水中的蓝逃到印花布上
甘蔗生姜红枣红辣椒
合伙到红烧羊肉中赶走腥膻

三白酒招待四方客
不知是否还是原来的味道
水上的高竿翻腾表演
还真要凭一身硬功夫

乌镇的成功就在于
适应了过去与现在的
真真假假和虚虚实实

乌镇的桥中桥

市河从财神湾流到西栅
突然叉开
一半继续向西流向运河
一半直角拐北流去
像是要分出一半心思
来换位思考

西高桥紧紧拉住栅桥
在河汊处拉成一个直角
由此　一个桥洞的眼睛
看在另一个桥洞的眼里
千百年这样看着
看得桥石再重
栅桥也没哼出半声
西高桥还用石头
把一半虚　一半实的
一轮圆梦　拱到直角处
那些黑瓦屋顶的上面了

见乌桐公路边的养鸭场

土岸围出一片水塘
塘边围上一圈篱笆
一批仔鸭放进去，成为养鸭场

水塘就像一只闪动的眼睛
看着乌桐公路上往来的车辆

鸭群被挤拥出的叫声
像一团升向天空挥不去的云
其实它们离天空太遥远了
拥挤着，只想要争出一点点
活动的空间，还争食着
暗夺它们生命的速长饲料

有着广阔天地的养鸭人
也陪同鸭子圈围在
看鸭棚里的麻将桌上
搓出麻将的输赢声
与路边车轮共鸣着滑入黄昏

石门桂花村

一个芬芳四溢的村名里
可惜没住几户人家
还被掩蔽在几十株
比碗口还粗的桂树的林荫中

这片长成圆月状的桂林
依着一条月牙状的小河
让我不得不想这个村子
很可能是要逃避吴刚的砍斧
才从月亮上搬下来的
难怪村民只卖桂花糖桂花年糕
就是闻不到桂花酒香
村舍也被密密的桂枝遮掩着
就是十五的月光照遍大地
也别想从天空
看见这里一星灯光

可惜统领桂树的那棵桂花王
没有倒在砍斧下
却险些命丧于化肥

现在整天一副痴呆模样
不然　我真可能问出一些
有关桂花村的秘密

汇丰楼

一幢六角形六层的塔形楼
一百一十级楼梯踏步
从一楼走到六楼　让人觉得
楼内的宣传纯属多余　楼体
早说出了全体村民的心声

“六六大顺”这民间俗语
暗合踏步　步步升高
一个村子这点朴素的愿望
为何要造一栋楼来说出
我不必暗暗猜想也知道
汇丰楼已经不是一幢建筑

钱君陶故居

走进六十来米深的小巷
飘出一阵臭豆腐干味
把我拉进这座低矮的小院

人去　屋却不空
展示出来的物什都在闪光
只可惜　我听不到
先生亲口说出到底是
海宁人还是桐乡人

现有两座君陶艺术院
很好平衡起先生
前半世与后半生
这是艺术的灌注与彻悟

吕大坟

其实是个没有尸骨的土丘
北面有河　南面有湖
那么多的水　是否
能洗去你生前的冤屈

本为抗倭　直塘改成弯兜
竟成谋反的罪证
天空昏暗出来的黑
是任何一盏灯也照不退的

屠甸人用堆成一座小山的泥土
收留你的亡魂
将你从桐乡最低的海拔中
高举起来　让后人
要抬头仰望你

现在有人在你坟顶修亭
这看似不合俗仪之举
却能让你负重的灵魂
在清晨　随日出升到坟顶
有坐处可以歇歇　看看四周
沐浴在朝霞里的风景

桐乡白菊花

秋到深处　一片片雪白
开满村前屋后河边田野
这些春天扦枝就生根发芽的生命
经过梅雨酷暑折腾
伴随蛙鸣蝉声
经住了浓绿金黄的诱惑
一直静默到大地荒芜起来
才大片大片轰轰烈烈开出来

那耀眼如雪的白　像收集了
整个世上八月十五的月光
点亮秋天最后的时间
那纯净的白
像在冬天到来前
要先替雪花清洁一下大地

更像这里默默无闻的人
星星朵朵开遍桐乡大地
白出了大海推动涌浪的气势
虽然白得素雅

却足于震撼向往洁净的心灵

桐乡白菊花
不在春天争宠
不在夏天争艳
也不与桂花争香
甚至不结果实
只用花瓣留住清香
逸向四季的五湖四海
而根始终挚守在故土

从一片白菊花开始

被金色团团围住的土地
举出一片片白菊花
冲向四周和天空

这被金黄覆盖的季节
阳光在变冷
耀眼的金色
深入动植物的血脉
季节的叶子　果实
气温　以及人的心性
都在被压向低处

而白菊花不负泥土
在深秋站起来　点燃的火焰
似西风吹不灭的誓言
要为这个季节存下一点
洁白的种子　同时也在呼唤
铺天盖地的白雪
来燃烧这越来越冷的季节

桐乡野菱滩

上千亩水域
没穿件衣服
抱住也赤裸着的甘稞墩
做着野性十足的梦

天时常抖出一片青蓝
为他们盖下来
却被不安分的鱼
在里面搅动

每年的野菱花
总在恰到好处时
红出星星点点
似乎在力证这片水域
确确实实还是处女

梧桐树下

这里　随便走上一条街
都是走在梧桐树下
我只想成为一小片
心形的梧桐叶
被故土举着
摸住连向根须脉息的枝条
感知藏在泥土心中的话语

梧桐叶在风中
一会儿翻向天空
一会儿面朝大地
靠到一起的两片叶子
又像双手合十
在表达虔诚的敬意

梧桐是这片土地的宠儿
绿就绿得油亮油亮
黄也黄得金光灿烂
到了叶落的时候
有白菊花遍地升起来

鼓舞枝条
赶走病态的疲软

一棵棵梧桐树
包裹在皮色中的
是布满河沟的流水纹
抵抗着岁月无情的割裂
得到一个地名包扎的慰藉
撑起晨有鸟鸣伴露
晚上霓虹闪烁
这般有声有色的生活

在康泾塘边散步

夕阳刚收走河水的反光
我的脚步越走越重

岸边新植的绿草花树渐渐模糊不清
那偷偷进入河道的污水
正在趁黑赶路
不远处小城饮用水的取水口
已被鱼虾抛弃在水葫芦中
随眼前夜幕深黑起来
我踩着盲道前行着

县前街与城河路及东兴街

县前街背靠桐乡老县政府
是厚重的历史印记
城河路修筑在填平的护城河上
是改写了历史的现实

历史留给车轮与脚印去反复阅读
现实便熙熙攘攘在繁闹的街市
城河路很好接住了县前街的延伸段
后来新命名为东兴街
城河路转身朝向南北
去与梧桐路平行

对于我　能选择住在县前街傍
而无法选择工作在原城河路东端
每天穿行两个街名的这条路
像在有意告诉我
其实工作　也是生活的延伸
是人生两种活着的方式
在一条路上的平衡
就像已经静息下来的县前街

是生活休息所必需的状态
而城河路与东兴街上
汗味十足的叫卖声
是延续生活要必须努力转向

摘槜李

七月　我去桃园村
摘碳火一样紫红的槜李

这片独一无二的李中之王
烤热我的心　想着已经
脚踏在一座早被淹没的古城
踩住了槜李大战的厮杀声

也想着当年西施吃槜李时
是如何将指甲印痕
永远留在了红色的李皮上

历史总喜欢将战争与美女
放在一起做加法　多出点美谈
而生命只做减法　减出的鲜血
还好有泥土默默收藏着
——连同沉熄下来的火
在一年又一年
渗透进一只只李果
养育着小小的桃园村
生命的血脉得到不断延续

凤凰湖诗社成立仪式写意

风吹不散的宁静
用金光与银丝
在湖面编织一张大网
像要网住夕阳向湖水
下沉的速度

托住夕阳西下的
还有湖边大草坪上
与草叶坐成一片
生发出红红绿绿的诗情

凤凰湖诗社的成立仪式
造型成一张弯弓
嘉宾与社员的发言
都有一支支响箭的激情
把已经深秋的颓意
射进湖水中
为落下去的夕阳
铺作孵化的保暖层
育出一飞冲天的金凤凰

在凤凰湖边

挖了好几年　凤凰湖的美景
终于呈现出来
我们一家人骑车子
趁初冬给一个暖日子
到湖边一游

湖景胜过南湖
水清更如千岛湖
水底的草叶
在把走近的人影缠住
岸上初植的绿化半枯半荣
难得的是　这片小气候中
空气也清新得令人心旷神怡
让人萌生要在湖边住下的想法

我便遥看巴黎都市与新湖湾
这两个楼盘　是沾染了
挖凤凰湖消息的风水声
开盘就把小城房价推到新高
而现在一看　它们充其量

只算摸到凤凰湖的一点边皮
不及拆迁过来离湖更近的村民房

我环湖一圈看到　近湖处
还真有好几块地皮空着
那上面建楼盘
才是货真价实的湖景房
是我做梦也买不起一套
还是现实一点　先用眼前的美景
喂饱双眼吧

崇 福

作为镇名中这个“福”字
是一个县名失去“德”字换来的
这发生在五十年代初期
一个几百年历史的小县
合并掉两千多年历史的大县
大县年轻的县委书记
当了小县老资格书记的县长
这样的合二为一
流传出许多坊间传说
并掉后的崇德县城
借了县名的一半
有福活成现在的古镇
可始终没有忘记
自己曾经也是一个县城

崇福孔庙

建于何时不重要
重要的有那么一段变迁
是在那个年月
孔老二被赶立到壁角
整日看着阀门厂工人
翻砂制模　接受教育

工人的汗水流到阀门厂倒闭
庙屋整体迁移进
中山公园几棵百年银杏树下
夫子重回尊座
每天又接受起膜拜

西　寺

我开始记事的时候
已经不知道
菩萨与和尚去了哪里
腾出来的空间
成了一家茶馆
服务员的笑容比菩萨实在
茶客也比香客虔诚
在崇德路向西延伸后
距西天又近了几百米
结果　连服务员与茶客
也不知去了哪儿
现在只剩下这个寺名
禅坐在镇志中

一段运河的流向

大运河穿过崇福，到石门
拐个大弯，流至梧桐
再转向乌镇，曲折的流向
像我大半生的路径
从崇福出去，到黄土高原
折转一个大弯，到梧桐

我拐的这个弯
比运河的石门湾还大出许多
我像被运河甩上天的一滴水
借着风云，落下来
成为一粒运河的种子

现在扎下了根须
该考虑生长的方向
要不要再继续追赶运河
一路北去

横　街

横街很长　分成东横街
与西横街　我不知道的是
横街确切有多少米长度
还连带着多少人与事
我只知　住西横街十几年
从来没有完整走过一次
自从离开横街老宅　以及
老宅征迁掉以后　每次
再到横街　就客人一样
有人陪随讲解
完整走一次　二十多分钟
仿佛是在用确定的时间
填补我住在横街时
太多的认识空白

崇德名人

崇德千年的生命
在大运河的怀抱里
融入历史长河
成长过程中，走出了
许许多多纤夫般的脚印
留在运河岸边
吕留良是一个，沈晦是一个
吴滔是一个，徐自华是一个
还有丰子恺……
这些串起纤路的脚印
不是天上的太阳与月亮
也足够明亮成星星
照耀着后来人行走的方向
让崇德这个古县名
像总能怀孕的母亲
用大运河流不尽的乳汁
哺育出一代代骄子

春风大桥

春风也怕被吹散
依附到大桥栏杆上
让人靠着，一同观看
船只如鞋一样
踩碎从两岸栈道
落入运河的灯光夜景

垒石弄

怀抱石门湾的大运河想不到
挺过了两千四百多年的垒石弄
会突然消失在一个
打造小镇形象的规划下
消失在推土机强硬的轰鸣中
消失在二〇〇二年
病毒侵袭的灰色年份里

垒石弄消失在一条新建街路下
消失得无声无息
不知是无知麻木了空气
还是灌满金银的眼睛
看不见钻石的光芒
从此再也听不到
吴越争战的金戈声
在长弄里回荡

一段珍贵历史活着的价值
消散在车轮扬起的灰尘中
除了稀有的叹息　还没有人

为垒石弄致悼词　只有一块
济南青花岗石悄立到运河边
在原来的弄口静静怀念着

从此　怀念的价值
变成这花岗石周围的空气
悄然出没在凭吊人的肺叶中

缘缘堂的一扇门

到缘缘堂　必须看那扇
已经焦黑的门
这是缘缘堂留住的
唯一原物

当年再猛烈的轰炸
也毁不掉一扇门
这象征一场战争
必然的结果

留门上的弹孔　已成为
睁亮的眼睛
从一片漆黑的历史中
看向远处的明亮

福严寺的钟声

修补的铜钟声音更加清越洪亮
听不出一点残破
莫非青铜抱着石头
是儿子抱住了失散已久的母亲
才会敲出这样亢奋的钟声

就像泥土抱紧树根
乡愁抱住村庄
获得了不再觉着流浪的踏实
才会有如此底气的声音

这口用石头补缺的大钟
像思想需要宗教填补
又如子孙得到了先祖庇护
使一座寺院的名声
列进了江南名寺之一
石补钟声里的香火也越烧越旺

国界桥

吴越的国界已经被抹去
连接国界的小石桥却还在
历史的长河中，那些王位
都没有几块石头长久

桥石被风化的表面
隐约还可看到两个小国
成为历史的影子
其实吴越国界只是
融入了中华的版图

现在很少人关注的国界桥
静默在一个军用机场内
每天守着军机的起落
更像是国境线上
从没放松警惕的哨兵

濮院思家桥

作为濮姓后人
我还能住在濮院身边
对濮院的思念
也只隔着一座桥的长度

始祖从山东曲阜南下
放弃南宋的高官厚禄
隐居濮院　创濮绸
一代代积累财富
造福这方水土
会让朱姓皇帝害怕起来
虽然他没把濮氏子孙
打入十八层地狱
却也强行拆分外迁七十二支
远离濮院

数千子孙背井离乡
世世代代对老家的思念
凝聚成一座桥
跨在千百年的流水上

大麻海华知青居

知青现象已经消失
留下一些二十多平方米左右的
知青居　像一枚枚图钉
把那幅年代不算久远
却绝对称得上稀世的画作
钉在有着强力收藏意识的
一个村子里　画中场景
随季节更替　褪尽了
原有的色泽　画中人
在时间的推进中　也渐渐
缩成一个个小点　隐没在
目光不能轻易触到的深处
这幅近看不浪漫　远看
非现实的作品　在悄无声息
挖下游客的眼球
填堵到历史的千疮百孔中

走进苕溪丝厂遗址

天一下子阴了下来
杂草丛生　仍然遮不住
那些水泥墩子
像钉子钉进大地
让我的心领受着
历史深处的痛

好端端一处中国二十年代
现代缫丝工业的起点
被那场战火毁掉
鬼子抢运走所有设备
对抢不走的房屋全部烧毁
留下这个没法烧毁的烟囱
像一根手指指向天空
——在警示：苍天有眼
更不能忘记军国主义的亡魂
至今还没有消散

杨园墓前土路上空横着几根蜘蛛丝

一本《补农书》又为先生
合拢起一片新墓地
让坟前的石牌坊
也有了植物的模样

这个钻进农业深处的人
任凭生前死后怎么扬名
始终离不开乡野
不弃虫声花草
以至新墓地通向外面的土路
已拓宽至四五米
仍有通灵的蜘蛛
不知用了什么功夫
在高处飞架起几根银丝
像要警示一些人
别痴想改掉先生
早已深入骨子的草木春秋

在白荡漾一小时

这年入冬后最冷的一天
我用白荡漾还不会结冰的水
隔开了已达零下四摄氏度的城市
隔开了拥堵与喧嚣
放松的筋骨飘移在欸乃声中
领受上百亩水域
晃动在低沉的天空下
不知有多少杂念
沉淀在慢下来的时光中

只是一小时　仿佛隔断了一世
直到三吨砼船靠岸时
我才如梦惊醒
发现双脚始终没有
离开过钢筋水泥

棺材墩的启示

棺材墩对面一个大墩
墩中有湖　湖中还有墩
该是鹭鸭首选的栖息地
可白荡漾的所有鹭鸭
全部巢居在小小的棺材墩

是我们渐渐靠近的水泥船
惊飞出扑棱棱的鹭鸭
马上颠覆掉我的自以为是

原来鹭鸭也怕寂寞
需要人死后的灵魂守护着

桐乡白荡漾

处在三市三县交界处
一个“工”字形注定了
650 亩水域能守住的不多
原有 18 个墩屿中的 10 个
像位穷乡僻壤母亲生下的儿女
一大群没能全部留住
活着的也面黄肌瘦　衣衫破旧
成为灯红酒绿中
无法看到的别样风景

面对这番景象
作为游客
我忽然脸红到了脖梗上

在南王村看着茭白谈诗歌

茭农双脚踩进淤泥后拔出
让我找到了比喻
诗歌可以向泥水深处
猛扎下去　扎得多深
不必让人看到
但必须让人看清茭田上
那指向天空的一把把碧剑
守护着一支支嫩白
这是诗歌对生活的馈赠
剥去外衣　很快有滚烫拥抱
那种滋味不用说　你也懂

人间需要向上托举的力量

一双手与一双手
向不同的方向用力
就会出现截然不同的结果
在有人使劲向下用力　摁住
或者拍打弱者的时候
2022 年 7 月 19 日
桐乡的沈东和陆晓婷
张开手掌　合力使劲
向上用力托住一个
从六楼坠落下来的
两年零十一个月的小生命
他们用力向上的手　成为
最坚实　也最柔软的土地
这样几片小小的土地
如果像涟漪一样
不断扩展至整个大地
人间将会增加多少
向上托举的力量

到沈莉高农业生态园烧野火饭

一排排露天炉灶升起的炊烟
握进天空手中

一切倒过来的感觉
让城里孩子在草坪上欢乐得
像放飞的风筝

被马路与街弄的栏栅
关得更久的大人
其实已经不需要冲动
就能轻松抽出自己的肋骨
剥下一本正经的外皮
做一会儿耍野的翅膀

放归大自然
已不仅仅只是
动物园里动物的向往

想象马鸣村

有水有桥有老街
差不多的摆布中
从深远处传出
马儿的嘶鸣声
吸引凑热闹的人
踏破宁静
带回石板上大树下拱桥边
那种清凉的静

家乡的梧桐叶

生命的秋天
最不愿看到
一片片梧桐叶在掉落下来
风奔跑着
似乎想接住它们
风终究没有接住它们的能力
就随它们一起
在地上翻滚
这些耗尽了绿而转黄的叶子
已没有水分支撑力气
要放弃高处的枝条
开始一心朝向泥土
连颜色都在靠向泥土
最终要融入泥土
这让年轻时闯荡在外
后来回乡的我
朝地上的梧桐叶弯下腰来
捡起一片又一片
写上——永恒的故乡

水乡赋

水剑一样　将土地
劈成一小块一小块
水如绳线一样
结成一张大网
把一小块一小块土地
网在水网中

这样的地方便是水乡

水上许许多多的桥
既是缝在伤口上的线疤
也是打在网上的绳结
人全网住在里面

唯有那些远离故土的人
才成了漏网之鱼

第二辑

一粒米的走向

一粒米的走向

一粒米如果看透了生活
不走出糠壳　不放弃
自古抓紧的那片泥土
那一定又能长成一株新稻
顶起属于自己的天空
将风摇弄　听虫鸟鸣唱

一粒米却不愿再守住乡野
还将一粒粒米
推入筐　拉入袋
上汽车　进火车
赶赴城市

一粒米的心思
全被膨胀左右了
一生透亮的白　开始
奔向全新的水深火热
结果被嚼碎在牙齿间
只剩那些肠胃消化不掉的渣滓
被还给了泥土

在建筑工地

这群人
体内的泥土
被日子压成块
被梦想烧成砖

要把砖从体内拿出
这群人
跑到最需砖块的建筑工地

他们掏空的身体
轻起来的过程
还离不开脚手架
随楼层升高而上升

那是他们的腰板
没有钢筋支撑
他们脑中
只能空有蓝天白云

有的人一阵昏眩

摔回了泥土
更多的人
仍追着工地在跑

羊毛衫

羊毛被剪离羊皮后
开始修炼

终于初成人形
学到各种姿色
各种媚态
迎合各种喜好

融入人的生活
又始终保持与人
若即若离的距离
害怕紧贴到人皮上

人与山的生命走向

人停不住向生命纵深走去
山也一直在面朝天空行走

慢慢走入蓝天深处的山
仿佛人步入中年
开始脱发　渐渐秃顶
能走进高空深远处那些山
便会满头全白

走过生命历程越长的人
越懂得人生奥秘
赢得后辈的敬重
山也这样　高耸入云后
刺得天机　受到众山
簇拥着奉若神明……

人与山有太多
殊途同归的生命走向
如火山　人群
也会喷发　即便冰山

人与人之间更会形成

人会老出浑身皱纹成故事
山也高露嶙峋书出传奇

走在生命半途中的人或山
像一张张夹入翻阅中的书签
跟在老人或高山后面
阅读他们　一直读到
自己满头白发
就读懂坟是山萌发的新芽

盆　景

将一棵树的岁月
挖离大地　放入
一个精制的花盆中
填入肥土　过上了
有人浇水施肥的日子

代价是必须顺从
意志人的方式被修剪
还要对不安分的部分
折弯压曲用铁丝绑住
完成设计角度的美学造型

从此　根须伸得再长
只能在盆中徘徊
枝条永远失去了
自己的生长方向
不多的花叶
无论伺候得多么肥厚
仍藏不住浑身苍老的姿态
而欣赏的眼光
从来不在乎树上
越来越多的伤疤

石头上的人生

石匠一生
跟坚硬的石头较着劲
用铁钎与铁锤延长双手
在硬碰硬中
凿下的石沫
开成了火花

不知是石头喊着铁的声音
还是铁撬开了石头的喉咙
石头终于顺从石匠的心思
与铁对话着　渐渐成形

被喊出石头的那一个个人
或者一头头兽
却在将石匠
往石头里面推

石头也趁机
用尽浑身坚硬的力气
将石匠的姓名

卡在石头上不让进去
算是报了
总被石匠敲打的仇
也让石匠永远别想
弃石而去

给泥土塑形

最不怕踩踏的是泥土
被踩踏久了　成为鞭子
反抽再踩下来的脚底

最不怕负重的也是泥土
石头堆积得越多
能成就越高大的山

最不怕空旷的还是泥土
铲出最平坦生长肥草
送给牛羊做天堂

最讲老幼次序的仍是泥土
春夏秋冬交尾
从不许季节乱伦

习惯雷电风霜的泥土
忍得住被剥皮割肉
在根须中活出精彩

到火中　也越烧越坚硬
却最怕温柔　抓一把
放水中　马上肉消骨散

水

世上最多的是水
都有逆来顺受的好脾气
没有石头硬
也比不了泥土善变
一生窝囊得
自己的形状由别人做主
自己的用处还任别人做主
不过那是没有被逼急
如果水　被火烧时
会跳起来冲向天空
被冷冻　便握紧拳头
或举起盾牌
被高处扔弃时
滴下一点一点时间的耐心
会将泥土砸出坑
也能给石头穿个洞

一块鱼化石

没有比石头更能完成
彻底的僵硬　一动不动
在沉默中　将身形
与岩石区分开来　证明
只是僵硬　还没有死

这种定力体现身体
在用哑语说话

讲述它拥有过的年代
也讲述它经历过的故事

显微镜下能看到的描述中
还说　时间在岩石上挖坑
它已经活在时间外面
填补岩石的空缺　守住
亿万年前的肉身
不让灵魂失掉居所

如果还不信它身体会说话

就用小锤轻击它几下
灵魂深处的声音立马传出
再没听清　那么你的骨子
已经比它还化石了

命 运

刚迁到草坪上的小草
开始都绿油油的
装点着城市的边边角角
再不用担心
被牛羊啃噬
被锄头翻埋进土中
本以为也能像一群群
拥有一片片广场的人
晒晒太阳　沐浴清风
伸展手脚　扭动身腰
好舞动一生的时光
这美好的愿望却很快
被那些宠物狗的屎尿淋臭
被一只只脚踩踏　最后
一次次被割草机的轰鸣声
收割得只剩下死不绝的根

半　夏

草本的命　也懂得躲避酷热
留一半温凉
在土中守住根球

一生的价值也就是
入别人脾胃消化他们的腹胀
润润别人的喉肺
止止人间的咳喘

叶子似自己举起的手
借助风的力气
一掌一掌拍打自己
却怎么也不喊一声痛

因为留这声痛
还要煎熬成治世的良药

舍家打工人

舍家去他乡打工
吃口年饭　会会亲人
大雪封山也封不住脚步
去挤火车　赶汽车
抢他乡扔掉的工种
把白天和夜晚加起来用

舍家去他乡打工
带上汗　带上梦
家的温馨收藏在心中

舍家去他乡打工
埋着头　躬着腰
为给家人一笔欣喜
种植到天南地北
唯难丢下老家的根

腌　菜

没有被直接吃掉的菜
历经风霜雪雨和阳光
在最后的日晒中　晒成
没多少水分的老人一样
被盐和一双手
放进总结完一生的坛子
压着重石
无论怎么看
都像辛劳一辈子
睡在了墓碑下面的人

溜出窗户的光

一到夜里
总有许多不安分的光
溜出一个个窗户
进入黑夜
它们也许不知道
黑色的胃口
是要吞吃一切
这些不好好挤在一起的光
深入乌黑中
还一根筋
不会拐弯抹角
只会一条道走到底
它们更不知道
夜强大到
就算它们是刀剑
刺进夜色
连夜的毛皮也刺不穿
我见过比较厉害的光
千军万马般
凝聚在一条条路上

也只能在黑夜的皮毛中
凿出一条不算光亮的隧道
整个大地都被夜压着
就算有再多的灯光聚集
只要地球不翻身
就不能把黑夜变成白天

一面镜子

有墙靠着
才有了镜子的价值
在没找到墙做靠山时
只是一块玻璃

不堪回首的是
放弃巨大的靠山
走向了粉碎与熔炼
最后连心都被掏空
脆弱到一碰就碎

现在紧紧靠住墙
甚至还有个支撑架
那也不敢妄动一下
像被罚立墙壁的孩子
反思远离山石的错误

声　音

树在风中颤动着那么多舌头
还嘟哝起那么多嘴巴
声音就是发不出来
不知是被谁牢牢捂住了

声音被堵回　只能在心中
默默刻录光盘　堆积起来

能听到的树的声音
那是风弄出来的呼呼声
是鸟替树说的花香
是蜜蜂代树唱起的颂歌
是蝉为树说着“吾知道了”

树心里的声音闷得太久
化石成一圈圈的金色
要在被砍伐时才喊得出疼
在被锯时呻吟出痛
被制成桌椅板凳门窗和床后
已像老人　自己也不知道
叽叽吱吱说了些啥

命　运

把沉默坚硬光滑展示出来
同时将冰冷与粗粝
紧紧咬合在内心
以决绝世界的姿态
说不出一句话
这太多太多
一生窝在干枯河床上的
河卵石
能有几块
会等到被有缘人捡起
敲出生命的回响

一束光

一束光　一束光
为何都走得那么远
一直走在黑暗中

白天像光的广场
是光集会出来的场景

我不知道　光
是怎样聚散的
又是怎样结成
死党一样

一束光开始奔走
不管尽头是什么
一旦奔走出去
就没有回来的

一束一束光
以走尽自己的代价
才走出一条笔直的明路

风

风是最初的清洁工
不知他们住怎样的屋子
每天吃些什么
我所见到的都是他们
在满世界清扫的身影

他们拂掸物面的灰尘
扫下枝头的落叶
也爬上天空拿云擦拭那块
虚无着还会蒙尘的玻璃
常累得呼哧呼哧急喘粗气

热心肠的阳光瞧见他们
整日疲惫到步履东倒西歪
仍然扫不净天地间的脏污
就替他们将水搬上天
供他们对清扫过的地方
有水再冲洗一番

棉　铃

是什么让你拳头握得这么紧

紧紧握住的拳头
一直握紧到干皱
握紧到裂开缝隙
握紧到再也握不住了
才松开手指　亮出
一直紧握在掌心的那团洁白

灯　笼

人们爱看灯笼
制作灯笼　还为灯笼
命名了一个元宵节
却不知　自己从始至终
就生活在一个大灯笼中
太阳和月亮的烛火
点燃着人间的烟火发着光
整个世界在这个大灯笼中
漂浮着　始终找不到
一个安安稳稳的着落点

虫声叫深叫黑的夜

要有夜色掩护
憋了一天的虫子
才敢喊出声来

想听虫声在说什么
就要走下高楼
放轻脚步抵近草丛
这世上最弱小的生命
是禁不住一丝风吹草动的惊吓

虫子在静夜鸣叫时
其他声音都在休息
虫子叫得越响亮
夜便越深　也越黑

内心的风暴

风暴总在无人知晓时成形
最初对大海　不算暴怒
像那些装满海水的心
一旦成为风暴的出生地
会集聚更多能量培育风暴
风暴成长的主食
是闷热与苦涩
风暴总以痛苦为动力
不停转动　寻找着
脱离苦海的方向
从开始的迷茫
到睁开眼睛
将自己的内心与天空
全部看透　就一路
用短暂的生命以暴制暴
不求归宿　只要
制造令人畏惧的结果

惊　雷

世事往往如此　比如白云
飘着飘着　就飘成灰云
等灰云　再聚成一团乌黑
才会惊出天空的响雷

响雷与心之间
隔着惊恐的距离
仍阻止不了天下的坏事

那些横行出惯性的脚步
不是响雷能惊停踩踏的
雷声泼下的暴雨　也不能
洗清施加给弱者的罪孽

惊雷常响　每次都很短
抽出几鞭吸引眼球的闪光
无非是在空中晃几下样子
因为遭天打雷劈的
实在很少

笼子研究

现实笼子最大是大气层
囚禁着整个世界
蝈蝈笼算很小的
只能囚住蝈蝈的肉身
却囚不住它的歌声

最普遍的笼子
是用来囚动物囚人的
这些看得见的人造笼子
都不牢固与长久
有锁的可以砸开
木头的只要一把火
铁制也只需大锤与钢锯
乃至炮火
附咒的只要解咒
都可以打开直至毁损

可有些人造的笼子
造笼人在里面
设置了天地与万物

有你见到与经历过的
一模一样的情景
迷惑眼睛看不见栏栅
让你自己进去了
还不知道已进错地方

无形的笼子经常变化着
能一个套住一个
或许多个相互套在一起
只要人进去了
即便能毁掉一二个
也出不来
这种笼子有的几千年了
也有几十年中新做的
自古至今
做成这种笼子的人很多
他们已经
与笼子合成一体
只要认得笼子
就能认出他们是谁

在港口

所有货色
都有集装箱的模样示人

登上万吨巨轮
还有铁的脸皮遮风挡雨

再漂洋过海
不需要八仙的神通

不一样的时间

我大半辈子抓住一撮泥土
像植物活得很素
那些整天浸于油水的命
接受着素人供养的欢跑者
活得皮光毛亮
而我积聚的一生
就是加再多的油煸炒
也只是一碟小菜

时间滑头得要命
它围着我时　像青虫
使劲啃我的生命
吃饱了　睡一觉
醒来后　去围着那些人
又变成了
翩翩献舞的花蝴蝶

故　乡

离开故乡时
我在村口仰望了很久

走了很长的路
到一座山上
再俯瞰故乡
故乡已黑成一个小点
像一只小蚂蚁了

于是我就想
我要去的地方
即便爬上高高的脚手架
故乡更看不到缩小成
比一粒尘埃还小的我

离开了故乡
我漂浮在巨大的虚无中
没有一天踏实的日子

麦　芒

麦穗拿着这些金针
每一根都穿进了阳光
绣着风雨　绣着岁月
绣出一片片金毯
也绣出轻轻的虫声
和微微飘动的麦香
有时还会刺痛记忆

我常常被麦芒
刺出这样的想法
越来越少的村子
再老再旧
在土地与麦子面前
始终是他们的孩子
就像当年母亲在灯下
给我们缝着衣裳

一枚钉子说

我削尖脑袋
钻进墙体
钻进柱子
钻营在这种稳固的靠山上
我就能把你们钉住
把你们挂着
把你们吊着
让你们团团围住我
让我经受的锤击与挤压
变成征服你们的回报
虽然我还左右不了这座房子
但我已经在影响你们的生活
单凭这一点
我已经比被压着
或被踩着的泥土或石头
要强悍许多
这让我认定
我就是注定要锈烂
也要锈烂在离地三尺的高处
还让你们别想
轻易将我拨出

给老村画像

四周蓬乱的野草
画成头发
村口两棵老樟树
画作眉毛
那条进村的路自然当作
能闻到远方气息的鼻子
整个村子就是
张向天空要吃饭的嘴巴
里面的老屋
这快要松动的牙齿
在嚼着岁月的风雨
已听不到多少声音的耳朵
已经可以不画了
剩下的空白
全部留作老村还要的脸面

流　水

辛劳一辈子的人　始终
奔走在时间的路上　像流水
被两岸夹紧着　只能向前
停不住脚步　头顶的天空
有时给阳光　也给雨雪
给白天　也给黑夜

尽头的大海每天将太阳
举进天空诱惑
让流水奔流不息
一路经历数不清的礁堤拦阻
还有旋涡引入的深深陷阱
上面船艇的压迫　以及
一路上　大大小小水泵的
抽吸　许多在半路消失了
进入大海的　像进了家门
亲人间吐不完苦水

夜来香

许多人要躲避夜色而寻找灯火
沉默一天的夜来香
却对黑夜张开了小口

夜是裹住弱小生命的世界
夜来香幽香的声音
与星光的交谈弥漫开来
引发四周草丛中
虫声的共鸣

这种幽暗低处的调声
翻越音墙
仿佛我的心跳声
夜越深　便传得越远
也越加清晰

回音壁

我想把故乡这个名词
变成一个动词
就能陪我一起走南闯北

故乡如果注定
只能是名词的命　我也要她
成为回音壁

从此我问候一声
——您好！
她就能马上回我
——您好！

油菜籽

挤进那台榨油机
离生养的土地越走越远
受碾压的过程中
忘记了自己的根须
忘记了成长过程
只向着流油的方向
一路奔去

到了同一只锅里
遇到青青白白的蔬菜
早忘了这些都是自己的
父老乡亲和兄弟姐妹
还不管三七二十一
拿着隔锅的炉火
毫不犹豫爆炒它们
——直到它们彻底服软

进城的月光

也像一群不敢抛头露面
只默默埋首劳作的外乡人

聚集在幽暗处发淡淡的光
被炽炫的灯光吸附着
就算混迹到街路中
也不会有人关注到

诗意的月光不在城市

城市是灯光的亮丽世界
灯织的网　网着夜生活
月光是这种生活的漏网之鱼

月光默默无声　一生
仿佛是为黑暗生辉的
乡村、山野　哪里越黑
才越能显出他们的明亮

而在城市　月光只是
灯光所弃之处的补缺

刀　锋

最懂伤敌三千自损八百
只想躲在刀体中
无奈于禁不住石磨水泡
才被逼至刀的最前沿

锋刃越快　越不显形
让磨刀人的眼睛也看不见
要用拇指轻轻刮它几下
刀锋仍不愿伤人

剁肉切菜割草劈柴时
锋刃是被刀背推着干的
其实刀背也被一只手
牢牢操控　而掌控手的
还有神经与大脑

整个过程　伤身伤命的
是刀锋　负重的是刀背
手要用力　神经与大脑
只费点神　用点小心思

稻草人

从数不清献出头颅的稻草中
重新站立起来

站成人的样子
先找到一具
能支撑站立的骨架
再将那些松松散散的稻草
召集起来　凝聚到
要成为人的驱动力中
结成一个分不开的整体
穿好人的衣服
戴上人的帽子
举起一根枝条
像乐队的指挥一样
站定在秋天的稻田中

终于有了人的模样
有了人的举动
即便永远没有人的心肺
也震慑住一群群小麻雀

傻站在危险的电线上
看着金灿灿的谷子
始终不敢飞落下来

坟 草

从坟头长出来
是在告诉大家
埋了死人的泥土
也不会从此死掉

小草不只是
以身喂养牛羊驴马
被锄到地下　被割断身子
还会将泥土中
一些信息　传给空气

小草早用枝叶量出
生与死隔着很短距离
土给了点死不了的命
全暗暗深藏进根须

每当季节或人为
要它死时
它不抵抗　也不喊叫
像埋尸体的坟土一样

掩盖好下面的自己
在没人注意或有机会
便又重新长出来

深夜　虫声响起

夜静到没有声息的深处
虫鸣从草丛深处升起
攀住月光　提醒月亮
不要忘记
这些卑微的生命
在草叶覆盖下
与大地贴得很近

草叶遮去了阳光
却挡不住风吹雨淋
与大地贴得很近的生命
只有夜深到最静时
才放胆出来鸣叫一阵
这些弱小的声音
只响在许多梦的外面

第三辑

老　人

老　人

已经要靠剩下的满身皱纹
来绑住
随时都会散架的皮骨

向前看

我小时候看见的那些老人
渐渐看不见了
渐渐把我前面的人
都看老了
也渐渐看不见了
当我看到前面空无一人时
已经站在生命的悬崖边

生日诗：原点或陀螺

七月十六日
一个无重大意义的日子
却在我的生命中　摁下了
一个不可更改的原点
我的日子就围着这个原点
转一圈就是一年　像陀螺
我时时被抽打着
辗转在不同的地理位置
年龄的不断增加　我
越来越有陀螺的模样
那是原点到时间边缘
半径越来越长　就感觉
转动的时间越来越快
在没有确定的方向中
我只能　朝着一个方向
——为生活　转下去

褶　皱

人过中年　人生依然
厚重不过一匹粗布　还留下
太多生活弄出的褶皱
却始终找不到烫平的热源
我这小人物此种困惑
弄不好就成了一块裹尸布
好在我能把这些褶皱
巧用到女孩子的裙摆上
借机获得一路轻盈
偶尔还随风起舞

脸面错论

核对身份刷脸时
以为每人只有一张脸
——就错了

要争一会儿胖
以为打肿脸就可以
——也错了

整几次容
以为不再是自己
——又错了

一错再错
以为都是脸的错
——更是大错特错

荷　塘

除了水　只有碧绿的荷叶
与天空相视着
中间被明晃晃的亮填满
我靠坐在塘边亭椅上
一只野鸭落息在塘边
梳理着羽毛　与我一样
在放松疲倦的时光
此外　视野里再无他物
我突然感觉
享受着这份宁静真好
最好　风别吹过来
更不要带来雨
因为所有的宁静都太脆弱
会被一点风吹草动破灭的
我开始忘记一切
等待太阳收回炽热
再被幽微的月光取代
我就可以进入荷塘月色中
成为一枝早开的荷花

雕　像

将变冷变硬的生命
放到更冷更硬的石头上
用铁锤敲击钎凿
迸发出冷硬中的火星
呼唤出石头上
有生命迹象的流水纹

石匠再高明
能做的也仅仅是
慢慢将消失已久的形体
救到心仪的石头上
而被时间带远的灵魂
没人知道是否进了天堂
所能确定的
是再也无法唤回人间

一块锄片

我挖来一袋泥
倒进花盆
发现一块锄片
锈烂得
在使劲吃进阳光
而不再发出一点反光

我想到不能把它扔掉
如被别人再次捡到
会又一次
揭痛这块农田中的结痂
再次撕裂伤口
会让人联想到
荒废在城市角落的良田
会发出脓水的腐臭

在最后一片叶子下

等整片树林落剩最后
一片叶子　在枝头吊着诗意
收集所有的想象

我在寂静中
看不透天的高远与绿的隐藏
得不到太阳的回答

风没了落脚点
鸟语失去伴侣
没了舞台支撑的水回到年轮
冬天让所有的活力都在变老

整片林子的空荡
要最后一片叶子来担承
想想这有点像空壳村的老人
雪就从我的心底飘了出来

华清池

满池洗澡水
没有从
历史的下水道流走
全泼给了
一个女人

置身事外

公交车上一名大学生
往自己身上倒香蕉水
又从口袋里掏出打火机
一车人围观着这个过程
没有一个
出手阻止
就在打火机点爆香蕉水的一刻
火焰
窜到了整车人的身上

一生中许多事情

像觉得枝条没了意义
叶子适时交给泥土处理

像雨水拒绝渗入泥土
流经许多河流
最终会被大海收留

像种子对天空不感兴趣
埋进泥土　又会在春天
破土长成新苗

一生不长也不短
许多事情琐细如叶
无常似雨　奇妙像种子

被一只乌鸦叫醒的早晨

一只乌鸦将早晨的天空
叫得灰蒙蒙的

我听不懂乌鸦的言语
便摊开手掌找寻答案

细碎的掌纹握进拳中
顿时成为一团乱麻

命运最终简单成生死
想象的过程才复杂

当我想明白了这一点
发现乌鸦早不知去向

炊烟升腾

炊烟离开屋顶
开始了一生漂泊
聚变云　冷成雨
不变的就是一声召唤

炊烟从灶膛升起
穿行日月时光
这纯粹的人间烟火
连向远方游子的心

故乡的灶膛
热了又冷
冷了又热
千年万年
总在把炊烟升腾

今夜失眠

今夜
我的失眠是只杯子的形状
几片茶叶让失眠
有了温度　一次次
接近双唇
向我的体温靠近

今夜
我的失眠进入血管
向细胞渗透　一些往事
在杯子里　满了又浅
浅了又满
茶水起伏今夜的失眠

今夜月光在窗外
透明而宁静
而我的梦
被冷落在杯子外面

向往大海的原因

水朝向天空
升腾为云
跳下来
是雨

水在肌体内流动
就成为生命

原来生命的形式
简单成水
水与水的不同
是含盐量有多少

我身体中的盐
便是我向往大海的原因

在天空

用钱可以买得飞上天的时代
翅膀冲霄一振
云就踩到脚下
可以隔着玻璃窗
开始与落山的太阳平起平坐

开始把世界看得很小
看十万大山
看成一个个小墩
在眼底飘过

铝合金翅膀飞起来
地上的重已轻得
浮在羽毛翅膀的高处
飞出的速度
也没有鸟能企及

不敢想象
铝合金翅膀为飞上天空
一次次试飞

历经过怎样的磨砺

搭乘上天的人
还没时间想够
飞机已经着地
原来用钱买到的飞
是无法拥有
羽毛翅膀那种长久的天空

在夜沙滩

潮水退去　大海静谧下来
夕阳收回照了一天的光
把我扔在沙滩上　让我
陪伴着无家可回的风

这时候　已经没有远方
只有黑下来的时空
我无从问及风的来处
风也不知道我的去所

夜用海水把天地粘在一起
我在沙滩这个结合部位
看着夜留下许多洞眼
给我仰脸透气　这证明
夜还没有把我当成沙子

多少人游玩过后迷失方向
与沙滩退尽热情没有差异
我风景全失的双眼
不再有期待与远望
被风守在沙滩上
我存在成一个谜

在雪中

我把一生空白的时间剪碎
撒向生活的空洞部分
邀雪一起纷纷扬扬
让雪白　把欲带动的路删除
把填不满双眼的色删除
让不同季节的泥泞坎坷
获得休眠

而我还有更多比空白更加
空的时间　全部安放到梦里
满足梦的没有边际　没有形状
没有方向　没有地心引力的
至空之极

最后剩下实实在在的
已是很少很少的部分
在给我生命的一日三餐
以及我为此必须的奔波
这最少部分的时间
却让我最大地感受着

比雪还要冷　却也有着
雪的洁白　甚至有时
还有点雪飘飘洒洒的样子

秋雨敲打着我的车窗

我已经不清楚这趟列车
穿过了多少隧道与桥梁
每一次经过黑暗
临空的感觉里
都有一样的无奈和心虚
两边停不住的风景
扑闪得再欢
没有一片是我的
现在已进入秋季
雨滴敲打着我的车窗
我看到这么多的眼泪
放大成眼睛
和我形成切割的方向
在对看彼此

一场大雾

经常很安静的水　犯混起来
天也不放眼里　到泥土上
横冲直撞　但水最可怕的
是轻浮起来　一展舞姿
直接将天地
迷进她的白纱裙中
那种迷惑深藏的陷阱
能通吃掉天地与万物

没有真正进入过大雾的人
无法体味其中的凶险
那是能将世上一切的
高度宽度长度以及色彩
在不动声色中　就迷糊成
一片白纸　空间被吞噬
时间仿佛也被停住在
整片雾气中　所有的路
如蛇入洞进入冬眠
人的两眼失去方向　如同
坠入了万劫不复的深渊

这样的一场大雾
连穿得透黑暗的灯光
也无法穿越　刀剑劈不开
子弹射不死　唯有大风
才能吹醒的一场大雾
也要任其自愿
从天地间消失

尖　锐

足够坚硬足够庞大的山
都有尖锐的顶峰与天对峙
让我发现面对天空的事物
没有不尖的，只有更尖

教堂的屋顶已经够尖了
还要再立起一个十字架
让顶端更加尖锐
还有我们旧时的老房子
都是拱起尖尖的屋顶

现在建进空中的住房
好像成了天空的一部分
平眉顺眼起来
已不如那些树——
从小到大始终尖着枝端
刺入天空，好扩大着
它们的生存空间

小秘密

旧房子老出来的皱纹
在老母亲脸上都能找到

岁月让老的变得更老
把年轻的都慢慢变老
从不反向使出援手

只有回忆洞开一条密道
让老人返回童年
让旧物变回新样
让度过中年的，越老
在回忆中，对越远的情景
记得越清晰，反而
对刚做的事，一直转身
就忘得干干净净

——就这点小秘密
要活出一大把年纪才知道

白 纸

在画家眼中
白纸沉埋着万物
只需一支画笔
想要什么就能捞出什么

面对作家
白纸中一个个故事在暗涌
只要笔尖轻轻一触
马上冒出各色人物

法官用它时，是敲定
那些人命运的判决
医生让它告诉病人
与健康和死亡
有多少距离

一张张白纸，唯有
相互在白纸中间
什么也不做时
才是轻的，才是洁白的

一旦被使用，便会呈现
山的重压，海的深奥
以及花鸟虫草的姿态
也会黑白相间出
满脸予夺生杀之相

暮色苍茫

我已经感觉出　暮色
最能接近老年人的心境
这时　生命踩住的夕阳
开始像个泄漏的气球
沉坠得天不明不黑
暗下来的地平线上　虽然
还有高处的霞光提拎着
但已经苍茫出一大片
红黑相融的景象　提示
血色的走向中　从生命
被时间抽出来的东西
正加速着落日的下沉
不管你愿不愿意
这种宿命　还是喜欢
用一个火红色的圆满
让天空写出一大篇
群星闪烁的人生总结

列车穿越隧道

列车进入隧洞
被黑拥抱的同时
放弃了所有景色

车窗瞎眼了
目光把速度交出
夜色的表情印上岩壁
人与车轮达成共织
倾听彼此的心跳

当这瞬间的醒梦
穿出了隧道
天地重新打开
光线再扑闪过来
已找不回原来的景色

天　空

能呼风唤雨
又普洒阳光
对大好白天只用一个句号
就能轻松总结明了的一切
而总结夜里的黑暗
要用上那么多句号

相对白与黑
最添堵天空的
是面对灰蒙蒙的阴雨天
天空不知道作何总结
便用许许多多省略号
应付了事

原来天空也非无所不能

人　生

从旭日到夕阳
两个点之间
画一道弧光
撑起每日的天空

落　日

我看到
白天倒下前
一个枪眼在涌血

面朝夜空

我睁开的眼睛
要比那些星星大
为何还要靠星光
来照耀黑夜的行路

心　境

一个人在河边
松开手中的
小石头　抛入水中
马上拥有温柔的怀抱

可抛石人
只看到溅起的水花
与荡在水面的涟漪
对抛石画的彩虹状轨迹
视而不见

锉

人出生后
仿佛一把定制的锉刀
在锉生活的爱与恨和欲
锉亮这些东西的力
又全使在时间上
锉下一生　时间被锉成一堆
风一吹　消散成
无影无踪的粉末时
才发现　所有锉过的东西
都比自己坚硬许多
最后自己　也被反锉成
一捧再也聚不起来的灰粉

穿　越

我看到的人生
是穿越的过程

出生
像子弹从枪管射出
飞的过程
始终在旋转
在磨砺中
磨亮的是飞的姿势
拖着渐渐熄灭的轨迹

射进另一处居所
便穿越进死亡

每种一棵树

我觉得那是将一柄
带着闪电的剑
种进了泥土

闪电在天空
会被乌云很快消解
要种入大地
才能慢慢长粗长长
给竖在天地间的剑身
输送刺向高处的力量

莫非是有了这些剑的守护
天才不敢压下来
窒息遍地弱小的生命吗

树与鸟

鸟离开枝条　飞进了天空
树却飞不起来
不是树空有一身　比鸟
还要多还要宽大的羽毛
而是树抓着太多的泥土
如果放弃了
树便会死
就像鸟
放掉树枝与天空
不死　也会变成一堆走肉

错　乱

生活让我越来越想
拿下五官
再重新装配

我要把眼睛安到鼻孔位置
从此只看我双肩下面的一切
心应该不会总那么难受了

我要将嘴巴一分为二
安到两耳的位置
也尝试到左右通吃的滋味

鼻子就近下移到嘴巴位置
小人物用不着灵敏的嗅觉
鼻孔两个并一个能出气就行

剩下耳朵委屈到眼睛位置
不必再耳听八方
只听前面的声音就行

经过这般错乱　已比那些
脸留刀疤或臂刺青龙的更狠
有足够狰狞的面目
再与牛鬼蛇神周旋时
就不知谁怕谁了

半个月亮

一半黑　一半白
黑的统领着黑夜
白的给远处的白天引路

清　明

赶往墓园的路
总隔一场纷纷扬扬的雨
但已经没有牧童指点
有的是满耳喇叭催促
仿佛生与死之间
还有很长的路要走

当看到墓碑背影一样
立着　像是前人
在引领后人
去摆脱一生羁绊

产生了这想法　仿佛看清
生与死隔得再长　也只是
一层地平线的距离
禁不住一击　顷刻就穿透

后 记

二十世纪八十年代中期，我开始写诗，中间停过一段时间后恢复，写到现在的写诗时间，足有三十余年，才出第一本诗集。特别是近几年，一直有朋友问："你写下那么多诗，怎么不出本诗集?"我回答："不急。"这是种心态，更是一种无奈。我写诗纯粹是爱好，没有功利，写得也轻松，而且我觉得，写下的诗要自己花钱出版，这不是诗歌的荣耀。

投稿也如此，我曾向几家著名大刊投稿，有回复要订刊的意思，我一律置之不理。结果不言而喻。例外的倒是有一家已关停的《青春诗歌》。那是2001年，我投了一组《罱河泥的水乡》回复也是要订刊的意思，我没理会。想不到编辑谷雨打电话给我，说很喜欢这组诗，想发，但期刊困难，希望我订刊，我当场回绝了订刊。没想到《青春诗歌》2001年的第6期上，还是给我发了一首《罱河泥的水乡》并寄了样刊。所以本诗集以"罱河泥的水乡"为第一辑，不仅仅是集合写桐乡水乡类型的诗作，同时，也是表达对谷雨编辑与《青春诗歌》的感谢!

诗歌与我似乎有种天生的缘分。我写诗起步顺利。参军入伍到了有"诗歌之乡"美称的原铁道兵二师，得到了师里著名诗人孙映和孙建军的指导，写的第一首诗《我点燃导火索》入选1984年铁二师选编的《祖国、铁路、我》中。次年写下《我站在沟壑与江河的激流上》投给《人民铁道》报，1985年3月10日发表出来，编辑王晓晴将这首诗最后一节中：“而我，只是筑路大军里/一个普通的架桥工”的“通”改成“遍”，这个字改得真好！让我第一次感受到诗歌用词的重要性。后来陆陆续续每年都有诗作发表。其中特别要感谢原《铁道兵报》编辑梅梓祥战友和原《嘉兴日报》的编辑老朋友邹汉明给予的极大鼓励。

进入网络时代后，我也改为上网站、论坛贴诗交流，许多诗作被一些民刊和网刊选发。偶尔也给民办纸媒投稿，发表作品，这要感谢如《新世纪诗典》的伊沙老师，《芙蓉锦江》的杨然老师，等等。还要感谢给我发诗较多的网刊如《诗日历》和《诗歌周刊》的鼓励！

今年，在家人和桐乡凤凰湖诗社一些诗友的鼓动下，第一次申报了桐乡市文化精品创作扶持项目，得到审核通过立项。感谢桐乡市扶持出版这本诗集。

本诗集以《一粒米的走向》为书名，主要取决：一是书中收入较多桐乡水乡主题的诗作，米又是水乡的重要特征之一；第二，觉得自己就是水乡的一粒米，无论性情、走向和磨砺，都在一粒米的命运中；第三，这首诗得到过较多好评，被广泛选发；第四，用米这意象，结辑与承载第二辑中作品的诗意，书名也算实至名归。

人步入老年，会感受到，活得越老，减掉东西的同时，积累的人生感悟和经验反而越多。这是第三辑用《老人》这首诗题结辑的因素之一。这一辑选取了有关人生思考的一些诗作。另外还因为到目前为止，《老人》这首诗是我所有诗中影响最大的一首，并得到广泛的好评，这是第三辑用《老人》这首诗题结辑的另一个因素。在此要重点感谢赵思运与唐诗两位教授！感谢中国诗歌网“每日好诗”栏目的选诗编辑！

后记写到这里该停笔了，因为太多想表达的，其实诗中都有了，无须再多言。但收笔前还要特别感谢兄长式的老朋友伊甸为诗集作序！并感谢长期给予的鼓励与指导！

2023年12月8日